소 설,
사진을
만나다
006

까마귀 외

소 설,
사진을
만나다
006

까마귀 외

이태준 글 · 서준영 사진

청년정신

● 이태준의 일생과 작품 세계

호는 상허尙虛 또는 상허당주인尙虛堂主人. 1904년 강원도 철원에서 태어났다. 휘문고보를 졸업하고 일본 상지上智 대학을 중퇴했으며, 한국의 모파상으로 불릴 만큼 문단의 인정을 받았다.

〈시대일보時代日報〉에 《오몽녀五夢女》를 발표하면서 작품 활동을 시작하였고, 구인회九人會에 가담해 활동하면서 작가로서 주목받기 시작했다.

이화여전 강사, 〈조선중앙일보〉 학예부장 등을 역임하였으며, 〈문장文章〉지를 주관하다가 1943년 낙향, 해방 전까지는 그곳에서 칩거했다. 광복 후, '문학가동맹' 등의 조직서 활동하다가 1946년 월북, 〈해방전후〉로 제1회 해방문학상을 수상했으며, 문화사절단으로 소련을 여행했다.

1956년 한설야에 의해 비판, 숙청되었다.

이태준의 소설은 그가 구인회에 적극적으로 참여하면서 활발하게 작품을 발표하던 1930년대부터 동시대 비평가들의 주목을 받기 시작했다.

최재서는 이태준 단편소설의 특징을 개성적인 인물 묘사에서 찾을 수 있다면서, 복덕방에 나가 희망 없이 하루를 소비하는 노인, 주목받지 못하는 작가, 모자란 사람으로 손가락질 받는 신문 배달부 등

보잘것없는 인물들을 독특한 매력을 가진 캐릭터로 묘사하는 미적 특질을 지니고 있다고 평가한다. 반면 이태준을 1930년대 비경향문학非傾向文學이 낳은 거목이라고 인정은 하면서도 '근대적 의미의 개성이 확립되지 못한 조선의 현실에서 비롯한 구조나 성격의 한계를 드러냈다'(임화)거나 '한국적인 애수와 감성을 다루는 데는 뛰어났지만 그것은 일제의 사상 통제가 심화되는 현실 상황을 회피하기 위한 것'(백철)이었을 뿐임을 지적하는 시각도 있다. 즉 소설의 완성도라는 측면에서만 보면, 김동인과 현진건의 뒤를 이어 한국 단편소설을 완성시킨 작가라는 평가가 있는 반면, 현실 도피나 사회의식과 무관한 감상에 머물렀다는 비판적 시각이 공존하고 있음이다.

다만 최근의 연구자들 사이에 이태준의 단편이 후기로 갈수록 감상성이 극복되고 사회현실에 대한 인식이 깊어진다고 지적하면서 이태준 소설의 사회의식을 적극적으로 평가하는 시도가 이루어지고 있기도 하다.

대표적인 작품으로 〈가마귀〉 〈달밤〉 〈복덕방〉 〈불우선생〉 등의 단편과 《제2의 운명》 《왕자 호동》 《청춘 무성》 등의 장편소설이 있고 문장론을 다룬 《문장강화》가 있다.

차례

까마귀

"호—"

새로 사온 것이라 등피에서는 아직 석유내도 나지 않는다. 닦을 것도 별로 없지만 전에 하던 버릇으로 그렇게 입김부터 불어 가지고 어스레해진 하늘에 비춰 보았다. 등피는 과민하게도 대뜸 뽀오얗게 흐려지고 만다.

"날이 꽤 차졌군……."

그는 등피를 닦으면서 아직 눈에 익지 않은 정원을 둘러보았다. 이끼 앉은 돌층계 밑에는 발이 묻히게 낙엽이 쌓여 있고 상나무, 전나무 같은 상록수를 빼어놓고는 단풍나무까지 이미 반나마 이울어 어떤 나무는 잎이라고 하나도 없이 설멍하게 서 있다. '무장해제를 당한 포로들처럼' 하는 생각을 하면서 그런 쓸쓸한 나무들이 이 구석 저 구석에 묵묵히 섰는 것을 그는 등피를 다 닦고도 다시 한참이나 바라보다가 자기 방으로 정한 바깥채 작은사랑으로 올라갔다.

여기는 그의 어느 친구네 별장이다. 늘 괴벽한 문체文體를 고집하여 독자를 널리 갖지 못하는 그는 한 달에 이십 원 남짓하면 독방을 차지할 수 있는 학생층의 하숙생활조차 뜻대로 되지 않았다. 궁여의 일책으로 이렇게 임시로나마 겨우내 그냥 비워두는 친구네 별장 방 하나를 빌린 것이다. 내년 칠월까지는 어느 방이든지 마음대로 쓰라고 해서 정자지기가 방마다 문을 열어 보이는 대로 구경하였으나 모두 여름에나 좋은 북향들이라 너무 음습하고 너무 넓고 문들이 많아서 결국은 바깥채로 나와, 상노들이나 자는 방이라는 작은사랑을 치우게 한 것이다.

상노들이나 자는 방이라 하나 별장 전체를 그리 손색 있게 하는 방은 아니었다. 동향이어서 여름에는 늦잠을 자지 못할 것이 흠일까, 겨울에는 어느 방보다 밝고 따뜻할 수 있고 미닫이와 들창도 다 갑창까지 들인 데다 벽장문과 두껍닫이에는 유명한 화가인지 아닌지는 몰라도 낙관落款이 있는 사군자四君子며 기명절지器皿折枝가 붙어 있다. 밖으로도 문 위에는 추성각秋聲閣이라 추사체의 현판이 걸려 있고 양쪽 처마 끝에는 파아랗게 녹슨 풍경이 창연히 달려 있다. 또 미닫이를 열면 눈 아래 깔리는 경치도 큰사랑만 못한 것 같지 않으니, 산기슭에 나붓이 섰는 수각水閣과 그 밑으로 마른 연잎과 단풍이 잠긴 연당이며 그리고 그 연당 언덕으로 올라오면서 무룡석으로 석가산을 모으고 잔디밭 새에 길을 돌린 것은 이 방에서 내려다보기가 기중일 듯싶었다. 그런데다 눈을 번뜻 들면 동편 하늘이 바다처

럼 트이고 그 한편으로 훤칠한 늙은 전나무 한 채가 절벽같이 가려섰는 것이다. 사슴의 뿔처럼 삭정이가 된 상가지에는 희끗희끗 새똥까지 묻히어서 고요히 바라보면 한눈에 태고太古가 깃드는 듯한 그윽한 경치이다.

오래간만에 켜보는 남폿불이다. 펄럭 하고 성냥불이 심지에 옮기더니 좁은 등피 속은 자옥하게 연기와 김이 서리었다가 차츰차츰 밝아지는 것이었다. 그렇게 차츰차츰 밝아지는 남폿불에 삥둘러앉았던 옛날 집안 사람들의 얼굴이 생각나게, 그렇게 남폿불은 추억 많은 불이다.

그는 누워 너무나 고요함에 귀를 빼앗기면서 옛사람들의 얼굴을 그려보다가 너무나 가까운 데서 까악! 까악! 하는 까마귀 소리에 얼른 일어나 문을 열었다. 바깥은 아직 아주 어둡지 않았다. 또 까악! 까악! 하는 소리에 치어다보니 지나가면서 우는 소리가 아니라 바로 그 전나무 썩정 가지에 시커먼 세 마리가 웅크리고 앉아 그러는 것

이었다.

"까마귀!"

까치나 비둘기를 본 것만은 못하였다. 그러나 자연이 준 그의 검음과 그의 탁한 음성을 까닭 없이 저주할 필요는 느끼지 않았다. 마침 정자지기가 올라와서,

"아, 진지는 어떡하십니까?"

하는 말에, 우유하고 빵이나 먹고 밥 생각이 나면 문안 들어가 사 먹는다고, 그래도 자기는 괜찮다고 어름어름 하고 말막음으로,

"웬 까마귀들이?"

하고 물었다.

"네, 이 동네 많습니다. 저 나무에 늘 와 사는걸입쇼."

"그래요? 그럼 내 친구가 되겠군……."

하고 그는 웃었다.

"요 아래 돼지 길르는 데가 있습죠니까. 거기 밥찌께기 같은 게 흔하니까 그래 까마귀가 떠나질 않습니다."

하면서 정자지기는 한걸음 나서 풀매 치는 형용을 하니 까마귀들은 주춤하고 날 듯한 자세를 가지다가 아래를 보더니 도로 앉아서 이번에는 '까르르……' 하고 GA 아래 R이 한없이 붙은 발음을 하는 것이다.

정자지기가 내려간 후, 그는 다시 호젓하니 문을 닫고 아까와 같이 아무렇게나 다리를 뻗고 누워버렸다.

배가 고팠다. 그는 또 그 어느 학자의 수면습관설睡眠習慣設이 생각났다. 사람이 밤새도록 그 여러 시간을 자는 것은 불을 발명하기 전에 할 일이 없어 자기만 한 것이 습관으로 전해진 것뿐이요, 꼭 그렇게 여러 시간을 자야만 될 리는 없다는 것이다. 그는 이 수면습관설에 관련하여 식욕이란 것도 그런 것으로 믿어 보고 싶었다. 사람은 하루 꼭꼭 세 번씩 으레 먹어야 될 것처럼 충실히 먹는 것이나 이것도 그렇게 많이 먹어야만 되게 되어서가 아니라, 애초에는 수효적은 사람들이 넓은 자연 속에서 먹을 것이 쉽사리 손에 들어오니까 먹기만 하던 것이 습관으로 전해진 것뿐이요, 꼭 그렇게 세 끼씩이나 계획적으로 먹어야만 될 리는 없을 것 같았다. 그런데, 사람이 잠을 자기 위해서는 그처럼 큰 부담이 있는 것은 아니나 먹기 위해서는, 하루 세 번씩 먹는 그 습관을 지키기 위해 얼마나 큰, 얼마나 무거운 부담이 있는 것인가. 그러기에 살려고 먹는 것이 아니라 먹으려고 산다는 말까지 생긴 것이 아닌가 생각되었다.

'먹을려구 산다! 평생을 먹을려구만 눈이 빨개 허둥거리다 죽어? 그건 실로 사람의 모욕이다.'

그는 쓴웃음을 지으며 지금 자기의 속이 쓰려 올라오는 것과 입속이 빡빡해지며 눈에는 자꾸 기름진 식탁이 나타나는 것을 한낱 무가치한 습관의 발작으로만 돌려버리려 노력해보는 것이다.

'어디선가 르나르는 예술가는 빵 한 근보다 꽃 한 송이를 꺾는다고, 그러나 배가 고프면? 하고 제가 묻고는 그러면 그는 괴로워하고 훔치고 혹은 사람을 죽일지도 모른다. 그렇더라도 글쓰기를 버리지는 않을 게라고 했다. 난 배가 고파할 줄 아는 그 얄미운 습관부터 아예 망각시켜 보리라. 잉크는 새것이 한 병 새벽 우물처럼 충충히 담겨 있것다, 원고지도 두툼한 게 여남은 축 쌓여 있것다!'

그는 우선 그 문 앞으로 살랑살랑 지나다니면서 '쌀값은 올르기만 허구…… 석탄두 들여야겠는데……'를 입버릇처럼 하던 주인 마누라의 목소리를 십 리나 떨어져서 은은한 풍경 소리와 같은 어둠에 흠뻑 싸인, 이 산장 호젓한 방에서 옛 애인을 만난 듯한 다정스러운 남폿불을 돋우고 글만을 생각하는 데 취할 수 있는 것이 갑자기 몸이 비단에 싸이는 듯, 살이 찔 듯한 행복이었다.

저녁마다 그는 남포에 새 석유를 붓고 등피를 닦고 그리고 까마귀 소리를 들으면서 어둠을 기다리었다. 방 구석구석에서 밤의 신비가 소곤거려 나올 때 살며시 무릎을 꿇고 귀한 손님의 의관처럼 공손히 남포갓을 들어올리고 불을 켜는 것이며 펄럭거리던 불방울이 가만히 자리잡는 것을 보고야 아랫목으로 물러나 그제는 눕든지 앉든지 마음대로 하며 혼자 밤이 깊도록 무얼 읽고 무얼 생각하고 무얼 쓰고 하는 것이다. 그래서 아침이면 늘 늦도록 자곤 하였다. 어떤 날은 큰사랑 뒤에 있는 우물에 올라가 세수를 하고 나면 산 너머로 오정 소리가 울려 오기도 했다. 그러다가 이날은 무슨 무서운 꿈을 꾸고 그 서슬에 소스라쳐 깨어 보니 밤은 벌써 아니었다. 미닫이에는 전나무 가지가 꿩의 장목처럼 비끼었고 쨍쨍한 햇볕은 쏴아 소리가 날 듯 쪼여 있었다. 어수선한 꿈자리를 떨쳐 버리는 홀가분한 기분과 여기 나와서는 처음 일찍 깨어 보는 호기심에서 그는 머리를 흔들고 미닫이부터 쫙 밀어놓았다. 문턱을 넘어드는 바깥 공기는 체온에 부딪히는 것이 찬물 같았다. 여윈 손으로 눈을 비비며 얼마나 아름다운 아침일까를 내어다보았다. 해는 역광선이어서 부신 눈으로 수각을 더듬고 연당을 더듬고 잔디밭 길을 더듬다가 그 실뱀 같은 잔디밭 길에서다. 그는 문득 어떤 여자의 그림자 하나를 발견한 것이다.

여태 꿈인가 해서 다시금 눈부터 비비었다. 확실히 여자요 또 확실히 고요히 섰으되 산 사람이었다. 그는 너무 넓게 열렸던 문을 당황히 닫아버리고 다시 조그만 틈으로 내어다보았다.

여자는 잊어버린 듯 오래도록 햇볕만 쏘이고 서 있다가 어디선지 산새 한 마리가 날아와 가까운 나뭇가지에 앉는 것을 보더니 그제야 사뿐 발을 떼어놓았다. 머리는 틀어올리었고 저고리는 노르스름한 명주빛인데 고동색 스웨터를, 아이 업듯, 두 소매는 앞으로 늘어뜨리고 등에만 걸치었을 뿐, 꽤 날씬한 허리 아래엔 옥색 치맛자락이 부드러운 물결처럼 가벼운 주름살을 일으키었다. 빨간 단풍잎 하나를 들었을 뿐, 고요한 아침 산보인 듯하다.

'누굴까?'

그는 장정裝幀 고운 신간서新刊書에처럼 호기심이 일어났다. 가까이 축대 아래로 지나가는 것을 보니 새 양봉투 같은 깨끗한 이마에 눈결은 뉘어 쓴 영어 글씨같이 채근하다. 꼭 다문 입술, 그리고 뾰로통한 콧봉오리에는 여간치 않은 프라이드가 느껴지는 얼굴이었다.

'웬 여잔데!'

이튿날 아침에도 비교적 이르게 잠이 깨었다. 살며시 연당 쪽을 내어다보니 연당 앞에도 잔디밭 길에도 아무도 사람이라고는 보이지 않았다. 왜 그런지 붙들었던 새를 날려 보낸 듯 그는 서운하였다.

이날 오후이다. 그는 낙엽을 긁어다가 불을 때고 있었다. 누군지 축대 아래에서 인기척이 났다. 머리를 쓸어넘기며 내려다보니 어제 아침의 그 여자다. 어제 그 옷, 그 모양, 그 고요함으로 약간 발그레해진 얼굴을 쳐들고 사뭇 아는 사람을 보듯 얼굴을 돌리려 하지 않고 걸음을 멈추고 섰는 것이다. 이쪽은 당황하여 다시 머리를 쓸어넘기며 일어섰다.

"×선생님 아니세요?"

여자가 거의 자신을 가지고 먼저 묻는다.

"네, ×××입니다."

"……."

여자는 먼저 물어놓고 더 말이 없이 귀밑까지 발그레해지는 얼굴을 푹 수그렸다. 한참이나 아궁에서 낙엽 타는 소리뿐이었다.

"절 아십니까?"

"……."

여자는 다시 얼굴을 들 뿐, 말은 없다가 수줍은 웃음을 머금고 옆에 있는 돌층계를 히뚝히뚝 올라왔다. 이쪽에서는 낙엽 한 무더기를 또 아궁에 쓸어 넣고 손을 털었다.

"문간에 명함 붙이신 걸로 알었세요."

"네……."

"저두 선생님 독자예요. 꽤 충실한……."

"그러십니까? 부끄럽습니다."

그는 손을 비비며 여자의 눈을 보았다. 잦아든 가을 호수와 같이 약간 꺼진 듯한, 피곤한 눈이면서도 겨울 별 같은 찬 광채가 일어났다.

"손수 불을 때시나요?"

"네."

"전 이 집 정원을 저의 집처럼 날마다 산보 와요, 아침이문……."

"네! 퍽 넓구 좋은 정원입니다."

"참 좋아요…… 어서 때세요."

"네, 이 동네 계십니까?"

"요 개울 건너예요."

이날은 더 이야기가 나올 새 없이 부끄러움도 미처 걷지 못하고 여자는 돌아가고 말았다.

그는 한참 뒤에 바깥 행길로 나와 개울 건너를 살펴보았다. 거기는 기와집, 초가집 여러 집이 언덕에 층층으로 놓여 있었다. 어느 것이 그 여자가 들어간 집인지 짐작조차 할 수 없었다.

이날 저녁에 정자지기를 만나 물었더니,

"그 여자 병인이올시다."

하였다. 보기에 그리 병색은 아니더라 하니,

"뭐 폐병이라나요. 약 먹느라구 여기 나왔는데 숨이 차 산엔 못 댕기구 우리 정자루만 밤낮 오죠."

하였다.

폐병! 그는 온전한 남의 일 같지 않게 마음이 쓰였다. 그렇게 예모 있고 상냥스러운 대화를 지껄일 수 있는 아름다운 입술이 악마 같은 병균을 발산하리라는 사실은 상상만 하기에도 우울하였다.

그러나 그 다음날부터는 정원에서 그 여자를 만나 인사할 수 있는 것이 즐거웠고, 될 수만 있으면 그를 위로해주고 그와 더불어 자기의 빈한한 예술을 이야기하고 싶었다. 그래서 그 여자가 자기의 방문 앞으로 왔을 때는 몇 번이나,

"바람이 찹니다."

하여 보았다. 그러나 번번이,

"여기가 좋아요."

하고 여자가 툇마루에 걸터앉았고 손수건으로 자주 입과 코를 막기를 잊지 않았다. 하루는,

'바람이 찹니다.'

"글쎄 괜찮으니 좀 들어오십시오."

하고 괜찮다는 말에 힘을 주었더니 여자는 약간 상기가 되면서 그래도 이쪽에 밝히 따지려는 듯이,

"전 전염병 환자예요."

하고 쓸쓸한 웃음을 지었다.

"글쎄 그런 줄 압니다. 괜찮으니 들어오십시오."

하니 그제야 가벼운 감격이 마음속에 파동치는 듯, 잠깐 멀리 하늘가에 눈을 던지었다가 살며시 들어왔다. 황혼이었다. 동향 방의 황혼이라 말할 때의 그 여자의 맑은 눈 속과 흰 잇속만이 별로 또렷또렷 빛이 났다.

'여기가 좋아요.'

"저처럼 죽음에 대면해 있는 처녀를 작품 속에서 생각해 보신 적 계세요, 선생님?"

"없습니다! 그리구 그만 정도에 왜 죽음을 생각허십니까?"

"그래두 자꾸 생각하게 되어요."

하고 여자는 보일 듯 말 듯한 웃음으로 천장을 쳐다보았다. 한참 침묵 뒤에,

"전 병을 퍽 행복스럽다 했어요. 처음엔……."

하고 또 가벼이 웃었다.

"……"

"모두 날 위해 주구 친구들이 꽃을 가지구 찾어와 주구, 그리구 건강했을 때보다 여간 희망이 많지 않어요. 인제 병이 나으면 누구헌테 제일 먼저 편지를 쓰겠다, 누구헌테 전에 잘못한 걸 사과하리라, 참 벨벨 희망이 다 끓어올랐에요…… 병든 걸 참 감사했에요. 그땐……."

"지금은요?"

"무서워졌에요. 죽음두 첨에는 퍽 아름다운 걸루 알었드랬에요. 언제든지 살다 귀찮으면 꽃밭에 뛰어들듯 언제나 아름다운 죽음에 뛰어들 수 있는 걸 기뻐했에요. 그런데 이렇게 닥뜨리고 보니 겁이 자꾸 나요. 꿈을 꿔두……."

하는데 까악 까악 하는 소리가 바로 그 전나무 썩정가지에서인 듯, 언제나 똑같은 거리에서 울려왔다.

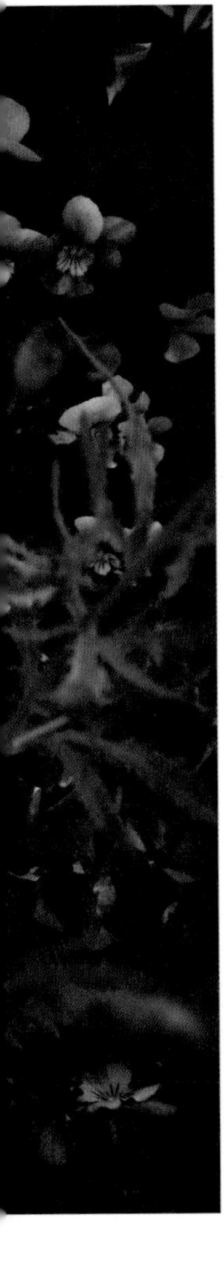

“여기 나와선 까마귀가 내 친굽니다.”
하고 그는 억지로 그 불길스러운 소리를 웃음으로 덮어버리려 하였다.

“선생님은 친구라구꺼정! 전 이 동네가 모두 좋은데 저게 싫어요. 죽음을 잊어버리면 안 된다구 자꾸 깨쳐주는 것 같어요.”

“건 괜한 관념인 줄 압니다. 흰 새가 있듯 검은 새도 있는 거요. 소리 맑은 새가 있듯 소리 탁한 새도 있는 거죠. 취미에 따라 까마귀도 사랑할 수 있는 샌 줄 압니다.”

“건 죽음을 아직 남의 걸로만 아는 건강한 사람들의, 두개골을 사

랑하는 것 같은 악취미겠지요. 지금 저헌텐 무서운 짐승이에요. 무슨 음모를 가지구 복면허구 내 뒤를 쫓아다니는 무슨 음흉한 사내같이 소름이 끼쳐요. 아마 내가 죽으면 저 새가 덥석 날러와 앞을 설 것만 같이……."

"……"

"죽음이 아름답게 생각될 때 죽는 것처럼 행복은 없을 것 같어요." 하고 여자는 너무 길게 지껄였다는 듯이 수건으로 입을 코까지 싸서 막고 멀거니 어두워 들어오는 미닫이를 바라보았다.

이 병든 처녀가 처음으로 방에 들어와 얼마 안 되는 이야기를 그의 체온과 그의 병균과 함께 남기고 간 날 밤, 그는 몹시 우울하였다.

'무슨 말을 하여야 그 여자를 위로할 수 있을까?'

'과연 그 여자의 병은 구할 수 없는 것일까?'

'어떻게 하면 그 여자에게 죽음이 다시 한번 꽃밭으로 보일 수 있을까?'

그는 비스듬히 벽에 기대어 이것을 생각하다가 머릿속에서 무엇이 버스럭거리는 소리를 들었다. 가만히 이마에 손을 대니 그것은 벽장 속에서 나는 소리였다. 그는 벽장을 열고 두어 마리의 쥐를 쫓고 나무때기처럼 굳은 빵 한쪽을 꺼내었다. 그리고 한 손으로는 뒷산에서 주워온 그 환약과 같이 둥그러면서도 가랑잎처럼 무게가 없는 토끼의 배설물을 집어 보면서 요즘은 자기의 것도 그렇게 담박한 것이 틀리지 않을 것을 미소하였다. '사람에게서도 풀내가 나야 한다.' 한 철인 소로의 말이 생각났으며, 사람도 사는 날까지 극히 겸손한 곤충처럼 맑은 이슬과 향기로운 풀잎으로만 만족하지 못하는 것을, 그 운명이 슬픈 생각도 났다.

내가 사랑하리라

'무슨 말을 하여주면 그 여자에게 새 희망이 생길까?'

그는 다시 이런 궁리에 잠기었고 그랬다가 문득,

'내가 사랑하리라!'

하는 정열에 부딪치었다.

'확실히 그 여자는 애인을 갖지 못했을 거다. 누가 그 벌레 먹은 가슴에 사랑을 묻었을 거냐.'

그는 그 여자의 앉았던 자리에 두 손길을 깔아보았다. 싸늘한 장판의 감촉일 뿐 체온은 날아간 지 오래였다.

'슬픈 아가씨여, 죽더라도 나를 사랑하면서 죽어 다오! 애인이 없이 죽는 것은 애인을 남기고 죽기보다 더욱 슬플 것이다……. 오래

전부터 병균과 싸워온 그대에겐 확실히 애인이 있을 수 없을 게다.'

그는 문풍지 떠는 소리에 덧문을 닫고 남포의 불을 낮추고 포우(E.A.Poe)의 슬픈 시 「레이번」을 생각하면서,

"레노어? 레노어?"

하고, 포우가 그의 애인의 망령을 부르듯이 슬픈 음성을 소리쳐보기도 하였다. 그 덮을 것도 없이 애인의 헌 외투자락에 싸여서, 그러나 행복스럽게 임종하였을 레노어의 가엾고 또 아름다운 시체는, 생각하여보면 포우의 정열 이상으로 포근히 끌어안아보고 싶은 충동도 일어났다. 포우가 외로운 서재에 앉아 밤 깊도록 옛 책을 상고할 때 폭풍은 와 문을 열어젖뜨렸고 검은 숲 속에서는 보이지도 않는 까마

귀가 울면서 머리 풀어헤친 아름다운 레노어의 망령이 스르르 방 안 한구석에 들어서곤 하였다.

'오오! 나의 레노어! 너는 아직 확실히 애인을 갖지 못했을 거다. 내가 너를 사랑해 주며 내가 너의 주검을 지키는 슬픈 애인이 되어 주마.'

그는 밤이 너무나 긴 것을 탄식하며 어서 날이 밝기를 기다리었다.

그러나 밝은 날 아침의 하늘은 너무나 두껍게 흐려 있었었고 거친 바람은 구석구석에서 몰려 나오며 눈발조차 희끗희끗 날리었다. 온실 속에서나 갸웃이 내어다보는 한 송이 온대 지방 꽃처럼, 그렇게 가냘픈 그 처녀의 얼굴이 도저히 나타나기를 바랄 수 없는 날씨였다.

'오, 가엾은 아가씨! 너는 이렇게 흐린 날, 어두운 방 속에 누워 애인이 없이 죽을 것을 슬퍼하리라! 나의 가엾은 레노어!'

사흘이나 눈이 오고 또 사흘이나 눈보라가 치고 다시 며칠 흐리었다가 눈이 오고 그리고 날이 들고 따뜻해졌다. 처마 끝에서 눈 녹은 물이 비 오듯 하는 날 오후인데 그 가엾은 아가씨가 나타났다. 더 창백해진 얼굴에는 상장喪章 같은 마스크를 입에 대었고 방에 들어와서는 눈까풀이 무거운 듯 자주 눈을 감았다 뜨면서,

"그간 두어 번이나 몹시 각혈을 했어요."

하였다.

"그러나……."

"의사는 기관에서 터진 피래지만, 전 가슴에서 나온 줄 모르지 않어요."

"그래두 의사가 더 잘 알지 않겠어요?"

"의사가 절 속여요. 의사만 아니라 사람들이 다 날 속이려구만 들어요. 돌아서선 뻔히 내가 죽을 걸 이야기허다가두 나보군 아닌 체들해요. 그래서 벌써부터 난 딴 세상 사람처럼 따돌리는 게 저는 슬퍼요. 죽음이 그렇게 외로운 거란 걸 날 죽기 전부터 맛보게들 해요."

아가씨의 말소리는 떨리었다.

"그래두…… 만일 지금이라두, 만일…… 진정으루 사랑하는 사람이 있다면 그 사람의 말만은 곧이 들으시겠습니까?"

"……."

눈을 고요히 감고 뜨지 않았다.

"앓으시는 병을 조금도 싫어하지 않고 정말 운명을 같이 따라 하려는 사람만 있다면?"

"그럼 그건 아마 사람이 아니겠지요. 저헌테 사랑하는 사람이 있긴 있어요…… 절 열렬히 사랑해 주어요. 요즘두 자주 저헌테 와요."

"……."

"그는 정말 날 사랑하는 표루 내가 이런, 모두 싫어허는 병이 걸린 걸 자기만은 싫어허지 않는단 표루 하루는 내 가슴에서 나온 피를 반 컵이나 되는 걸 먹기까지 한 사람이야요. 그렇지만 그게 내게 위

로가 되는 줄 아세요?"

"……."

그는 우울할 뿐이었다.

"내 피까지 먹구 나허구 그렇게 가깝게 해두 그는 저대로 건강하구 저대루 살아가야 할 준비를 하니까요. 머리가 자라면 이발소에 가고, 신이 해지면 새 구둘 맞추구, 날마다 대학 도서관에 다니면서 학위 받을 연구만 하구 있어요. 그러니 얼마나 저허군 길이 달러요? 전 머릿속에 상여, 무덤 그런 생각뿐인데……."

"왜 그런 생각만 자꾸 하십니까?"

"사람끼린 동정하구퍼두 동정이 안 되는 거 같어요."

"왜요?"

"병자에겐 같은 병자가 되는 것 아니곤 동정이 못 될 겁니다. 그런데 어떻게 맘대루 같은 병자가 되며 같은 정도로 앓다, 같은 시각에 죽습니까? 뻔히 죽을 사람을 말로만 괜찮다, 괜찮다 하구 속이는 건 이쪽을 더 빨리 외롭게만 만드는 거예요."

"어떤 상여를

"어떤 상여를 생각하십니까?"

그는 대담하게 이런 것을 물어주었다. 그렇게 하는 것이 그 아가씨의 세계에 접근하는 것이 될까 하였다.

"조선 상여는 참 타기 싫어요. 요즘 금칠 막 한 자동차두 보기두 싫어요. 하얀 말 여럿이 끌구 가는 하얀 마차가 있다면…… 하구 공상해 봤어요. 그리구 무덤두 조선 무덤들은 참 암만해두 정이 가질 않어요. 서양엔 묘지가 공원처럼 아름답다는데 조선 산소들이야 어디 누구의 영원한 주택이란 그런 감정이 나요? 곁에 둘 수 없으니 흙으루 덮구 그냥 두면 비에 패이니까 잔디를 심는 것뿐이지 꽃 한 송이 심을 데나 꽂을 데가 있어요? 조선 사람처럼 죽은 사람의 감정을 안 생각해 주는 사람들은 없는 것 같아요. 괜히 그 듣기 싫은 목소리루 울기만 허고 까마귀나 뫼들게 떡 쪼가리나 갖다 어질러 놓구……."

"……."

생각하십니까?"

"까마귀가 온 게지

"선생님은 왜 이렇게 외롭게 사세요?"

그는 아무 대답도 하지 않았다. 그 여자에게 애인이 없으리라 단정한 자기의 어리석음을 마음 아프게 비웃었고 저렇게 절망에 극하여 세상 욕심이라고는 털끝만치도 없는 거룩한 여자를 애인으로 가진 그 젊은 학도가 몹시 부러운 생각뿐이었다.

날은 이미 황혼에 가까웠다. 연당 아래 전나무 꼭대기에서는 아직, 그 탁한 소리로 울지는 않으나 그 우악스런 주둥이로 그 검은 새들이 썩정귀를 쪼는 소리가 딱— 딱— 울려 왔다.

"까마귀가 온 게지요?"

"그렇게 그게 싫으십니까?"

"싫어요. 그것 뱃속엔 아마 별별 귀신 딱지가 다 든 것처럼 무서워요. 한번은 꿈을 꾸었는데 까마귀 뱃속에 무슨 부적이 들구 칼이 들구 시퍼런 불이 들구 한 걸 봤어요. 웃지 마세요. 상식은 절 떠난 지 벌써 오래요……."

"허허……."

그러나 그는 웃고, 속으로 이제 까마귀를 한 마리 잡으리라 하였다. 그 배를 갈라서 그 속에는 다른 새나 조금도 다를 것이 없는 내장뿐인 것을 보여 주리라. 그래서 그 상식을 잃은 여자의 까마귀에 대한 공포심을 근절시키고, 그래서 죽음에 대한 공포심까지도 좀 덜게 해주리라 마음먹었다.

그는 이 아가씨가 간 뒤에 그 길로 뒷산에 올라 물푸레나무를 베다가 큰 활을 하나 메웠다. 꼿꼿한 싸리로 살을 만들고 끝에다는 큰 못을 갈아 촉을 박고 여러 번 겨냥을 연습하여보고 까마귀를 창문 가까이 유혹하였다. 눈 위에 여기저기 콩을 뿌리었더니 그들은 마침내 좌우를 의뭉스런 눈으로 두리번거리면서도 내려와 그것을 쪼았다. 먼 데 것이 없어지는 대로 그들은 곧 날듯 날듯이 어깨를 곤추세우면서도 차츰차츰 방문 가까이 놓인 것을 쪼며 들어왔다. 방 안에서는 숨을 죽이고 조그만 문구멍에 살촉을 얹고 가장 가까이 들어온 놈의 옆구리를 겨냥하여 기운껏 활을 당겨가지고 쏘아버렸다.

푸드득하더니 날기는 다 날았으나 한 놈이 죽지에 살이 박힌 채 이내 그 자리에 떨어졌고 다른 놈들은 까악까악거리면서 전나무 꼭대기로 올라갔다. 그는 황망히 신을 끌며 떨어진 놈을 쫓아들어가 발로 덮치려 하였다. 그러나 까마귀는 어느 틈에 그의 발 밑에 들지 않고 훌쩍 몸을 솟구어 그 찬란한 핏방울을 눈 위에 흩뿌리며 두 다리와 한 날개로 반은 날고 반은 뛰면서 잔디밭 쪽으로 더풀더풀 달아났다. 이쪽에서도 숨차게 뛰어 다우쳤다. 보기에 악한과 같은 짐승이었지만 그도 한낱 새였다. 공중을 잃어버린 그에겐 이내 막다른 골목이 나왔다. 화살이 그냥 박힌 채 연당으로 내려가는 도랑창에 거꾸로 박히더니 쌕— 쌕— 하면서 불덩어리인지 핏방울인지 모를 두 눈을 뒤집어쓰고 집게 같은 입을 딱딱 벌리며 대가리를 곧추들었다. 그리고 머리 위에서는 다른 놈들이 전나무에서 내려와 까악거리며 저희 가족을 기어이 구하려는 듯이 낮게 떠돌며 덤비었다.

그는 슬그머니 겁이 나기도 했으나 몽우리돌을 집어 공중엣놈들을 위협하며 도랑에서 다시 더풀 올려솟는 놈을 쫓아 들어가 곧은 발길로 멱투시를 차 내던지었다. 화살은 빠져 떨어지고 까마귀만 대여섯 칸 밖에 나가떨어지며 킥 하고 빼들적거렸다. 다시 쫓아가 발길을 들었으나 그때는 벌써 까마귀는 적을 볼 줄도 모르고 덮어누르는 죽음과 싸울 뿐이었다. 그는 두근거리는 가슴으로 이 검은 새의 죽음의 고민을 내려다보며 그 병든 처녀의 임종을 상상해보았다. 슬픈 일이었다. 그는 이내 자기 방으로 돌아왔고 나중에 정자지기를 시켜 그 죽은 까마귀를 목을 매어 어느 나뭇가지에 걸게 하였다. 그리고 어서 그 아가씨가 나타나면 곧 훌륭한 외과의사처럼 그 검은 시체를 해부하여 까마귀의 뱃속에도 다른 날짐승과 똑같이 단순한 조류鳥類의 내장이 있을 뿐, 결코 그런 무슨 부적이거나 칼이거나 푸른 불이 들어 있지 않다는 것을 증명하리라 하였다.

그러나 날씨는 추워가기만 하고 열흘에 한 번도 따뜻한 해가 비치지 않았다. 달포가 지나도록 그 아가씨는 나타나지 않았다. 날씨는 다시 풀어져 연당에 눈이 녹고 단풍나무 가지에 걸린 까마귀의 시체도 해부하기 알맞게 녹았지만 그 아가씨는 나타나지 않았다.

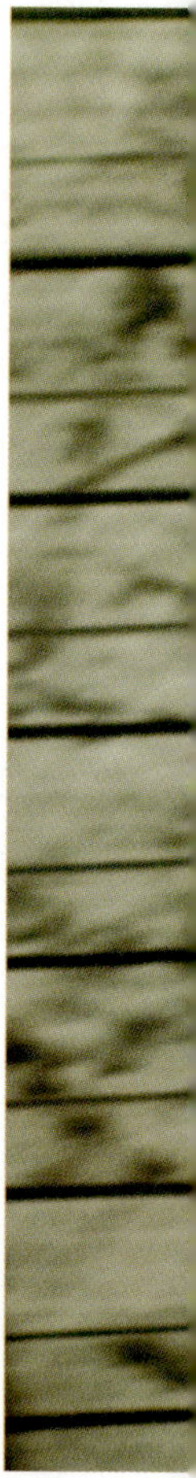

검은 자동차와 함께 금빛 영구차 한 대

하루는 다시 추워져 싸락눈이 사륵사륵 길에 떨어져 구르는 날 오후이다. 그는 어느 잡지사에 들어가 곤작困作 한 편을 팔아 가지고 약간의 식료를 사 들고 다 나온 길인데 개울 건너 넓은 마당에는 두어 대의 검은 자동차와 함께 금빛 영구차 한 대가 놓여 있는 것이다.

그는 가슴이 섬짓하였다. 별장 쪽을 올려다보니 전나무 꼭대기에서는 진작부터 서너 마리의 까마귀가 이 광경을 내려다보며 쭈그리고 앉아 있었다.

'그 여자가 죽은 거나 아닌가?'

영구차 안에는 이미 검은 포장에 덮인 관이 실려 있었다. 둘러섰는 동네 사람 속에서 정자지기가 나타나더니 가까이 와 일러주었다.

"우리 정자루 늘 오던 색시가 갔답니다."

"……."

그는 고요히 영구차를 향하여 모자를 벗었다.

"저 뒤에 자동차에 지금 오르는 사람이 그 색시하구 정혼했던 남자랍니다."

그는 잠자코 그 대학 도서실에 다니며 학위 얻을 연구를 한다는 청년을 바라보았다. 그 청년은 자동차 안에 들어앉자, 이내 하아얀 손수건을 내어 얼굴에 대었다. 그러자 자동차들은 영구차가 앞을 서며 고요히 굴러 떠나갔다. 눈은 함박눈이 되면서 펑펑 쏟아지기 시작하였다. 그 자동차들이 굴러간 자리도 얼마 안 있어 덮어 버리고 말았다.

까마귀들은 이날 저녁에도 별다른 소리는 없이 그저 까악 까악거리다가 이따금씩 까르르— 하고 그 GA 아래 R이 한없이 붙은 발음을 내곤 하였다.

복덕방

철썩, 앞집 판장板牆 밑에서 물 내버리는 소리가 났다. 주먹구구에 골똘했던 안 초시安初試에게는 놀랄 만한 폭음이었던지, 다리 부러진 돋보기 너머로, 똑 먹이를 쪼으려는 닭의 눈을 해 가지고 수챗 구멍을 내다본다. 뿌연 뜨물에 휩쓸려 나오는 것이 여러 가지다. 호박 꼭지, 계란 껍질, 거피해 버린 녹두 껍질.

"녹두 빈자떡을 부치는 게로군. 흥……."

한 오륙 년째 안 초시는 말끝마다 '젠-장……'이 아니면 '흥!' 하는 코웃음을 잘 붙였다.

"추석이 벌써 낼 모레지! 젠-장……."

안 초시는 저도 모르게 입맛을 다시었다. 기름내가 코에 풍기는 듯 대뜸 입 안에 침이 흥건해지고 전에 괜찮게 지낼 때, 충치니 풍치니 하던 것은 거짓말이었던 것처럼 아래윗니가 송곳 끝같이 날카로워짐을 느끼었다.

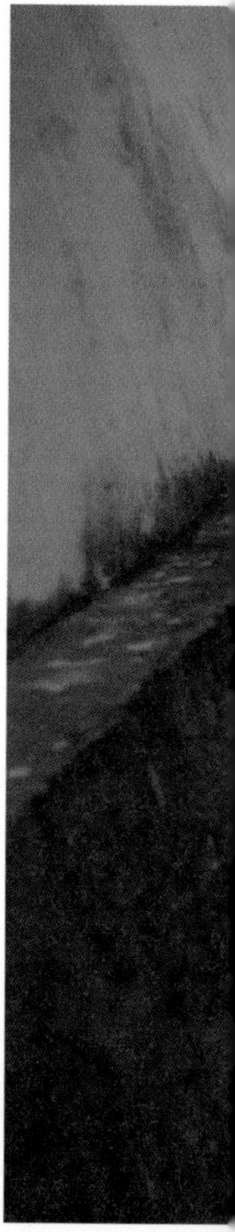

안 초시는 그 날카로워진 이를 빈 입인 채 빠드득 소리가 나게 한 번 물어보고 고개를 들었다. 하늘은 천리같이 트였는데, 조각구름들이 여기저기 널리었다. 어떤 구름은 깨끗이 바래 말린 옥양목처럼 흰빛이 눈이 부시다. 안 초시는 이내 자기의 때 묻은 적삼 생각이 났다. 소매를 내려다보는 그의 얼굴은 날래 들리지 않는다. 거기는 한 조박의 녹두 빈자나 한 잔의 약주로써 어쩌지 못할, 더 슬픔과 더 고적함이 품겨 있는 것 같았다.

혹 혹 소매 끝을 불어보고 손끝으로 튀겨보기도 하다가 목침을 세우고 눕고 말았다.

"이사는 팔 하고 사오는 이십이라 천이 되지……. 가만……. 천이

라? 사루 했으니 사천이라 사천 평……. 매 평에 아주 줄여 잡아 오 원씩만 하게 돼두 사 원 칠십오 전씩이 남으니 그럼……. 사사는 십륙, 일만 육천 원 하구……."

안 초시가 다시 주먹구구를 거듭해서 얻어낸 총액이 일만 구천 원, 단 천 원만 들여도 일만 구천 원이 되리라는 셈속이니, 만 원만 들이면 그게 얼만가? 그는 벌떡 일어났다. 이마가 화끈해졌다. 되사렸던 무릎을 얼른 곧추세우고 뒤나 보려는 사람처럼 쪼크렸다. 마코갑이 번연히 빈 것인 줄 알면서도 다시 집어다 눌러보았다. 주머니에는 단돈 십 전, 그도 안경다리를 고친다고 벌써 세 번짼가 네 번짼가 딸에게서 사오십 전씩 얻어 가지고는 번번이 담뱃값으로 다 내어

보내고 말던 최후의 십 전, 안 초시는 주머니에 손을 넣어 그것을 집어내었다. 백통화 한 푼을 얹은 야윈 손바닥, 가만히 떨리었다. 서 참의徐參議의 투박한 손을 생각하면 너무나 얇고 잘망스러운 손이거니 하였다. 그러나, 이따금 술잔을 얻어먹고, 이렇게 내 방처럼 그의 복덕방에서 잠까지 빌어 자건만 한 번도, 집 거간이나 해먹는 서 참의의 생활이 부럽지는 않았다. 그래도 언제든지 한 번쯤은 무슨 수가 생겨 다시 한 번 내 집을 쓰게 되고, 내 밥을 먹게 되고, 내 힘과 내 낯으로 다시 한 번 세상에 부딪쳐보려니 믿어졌다.

초시는 전에 어떤 관상쟁이의 '엄지손가락을 안으로 넣고 주먹을

쥐어야 재물이 나가지 않는다' 는 말이 생각났다. 늘 그렇게 쥐노라 고는 했지만 문득 생각이 나서 내려다볼 때는, 으레 엄지손가락이 얄밉도록 밖으로 쥐어져 있었다. 그래 드팀전을 하다가도 실패를 하였고, 그래 집까지 잡혀서 장전欌廛을 내었다가도 그만 화재를 보았거니 하는 것이다.

"이놈의 엄지손가락아, 안으로 좀 들어가아, 젠-장."

하고 연습 삼아 엄지손가락을 먼저 안으로 넣고 아프도록 두 주먹을 꽉 쥐어보았다. 그리고 당장 내어보낼 돈이면서도 그 십 전짜리를 그렇게 쥔 주먹에 단단히 넣고 담배 가게로 나갔다.

이 복덕방에는 흔히 세 늙은이가 모이었다.

언제 누가 와, 집 보러 가잘지 몰라, 늘 갓을 쓰고 앉아서 행길을 잘 내다보는, 얼굴 붉고 눈방울 큰 노인이 주인 서 참의다. 참의로 다니다가 합병 후에는 다섯 해를 놀면서 시기를 엿보았으나 별수가 없을 것 같아서 이럭저럭 심심파적으로 갖게 된 것이 이 가옥중개업家屋仲介業이었다.

처음에는 겨우 굶지 않을 만한 수입이었으나 대정 팔구 년 이후로는 시골 부자들이 세금稅金에 몰려, 혹은 자녀들의 교육을 위해서 서울로만 몰려들고, 그런데다 돈은 흔해져서 관철동貫鐵洞, 다옥정茶屋町 같은 중앙 지대에는 그리 고옥古屋만 아니면 만 원대를 예사로 훌훌 넘었다.

그 판에 봄가을로 어떤 달에는 삼사백 원 수입이 있어, 그러기를 몇 해를 지나 가회동嘉會洞에 수십 칸의 집을 세웠고 또 몇 해 지나지 않아서는 창동倉洞 근처에 땅을 장만하기 시작하였다. 지금은 중개업자도 많이 늘었고 건양사建陽社 같은 큰 건축 회사建築會社가 생기어서 당자끼리 직접 팔고사는 것이 원칙처럼 되어 가기 때문에 중개료의 수입은 전보다 훨씬 준 셈이다. 그러나 이십여 칸 집에 학생을 치고 싶은 대로 치기 때문에 서 참의의 수입이 없는 달이라고 쌀값이 밀리거나 나무 값에 졸릴 형편은 아니다.

"세상은 먹구살게는 마련야……."

서 참의가 흔히 하는 말이다. 칼을 차고 훈련원에 나서 병법을 익힐 제는, 한번 호령만 하고 보면 산천이라도 물러설 것 같던, 그 기개와, 오늘의 자기, 한낱 가쾌家儈(집의 흥정을 붙이는 일을 직업으로 삼는 사람)로 복덕방 영감으로 기생, 갈보 따위가 사글셋방 한 칸을 얻어 달래도 네- 네- 하고 따라 나서야 하는, 만인의 심부름꾼인 것을 생각하면 서글픈 눈물이 아니 날 수도 없는 것이다. 워낙 술을 즐기기도 하지만 어떤 때는 남 몰래 이런 감회感懷를 이기지 못해서 술집에 들어선 적도 여러 번이다.

그러나 호반〔武人〕들의 기개란 흔히 혈기血氣에서 나오는 것이기 때문인지 몸에서 혈기가 줆을 따라 그런 감회를 일으킴조차 요즘은 적어지고 말았다. 하루는 집에서 점심을 먹다 듣노라니 무슨 장사치의 외는 소리인데 이상히 귀에 익은 목청이 들렸다. 자세히 귀를 기울이니 점점 가까이 오는 소리인데 제법 무엇을 사라는 소리가 아니라 '유리병이나 간장통 팔거-쏘-.' 하는 소리이다. 그런데 그 목청이 보면 꼭 아는 사람 같애, 일어나 마루 들창으로 내어다 보니 이번에는 '가마니나 신문 잡지나 팔거-쏘-.' 하면서 가마니 두어 개를 지고 한 손에는 저울을 들고 중노인이나 된 사람이 지나가는데 아는 사람은 확실히 아는 사람이다. 그러나 그를 어디서 알았으며 성명이 무엇이며 애초에는 무엇을 하던 사람인지가 감감해지고 말았다.

"오오라! 그렇군…… 분명……."

하고 그는 한참 만에 고개를 끄덕이었다. 그 유리병과 간장통을 외는 소리가 골목 안으로 사라져 갈 즈음에야 서 참의는 그가 누구인 것을 깨달아 낸 것이다.

"동관同官 김 참의…… 허!"

나이는 자기보다 훨씬 연소하였으나 학식과 재기가 있는 데다 호령 소리가 좋아 상관에게 늘 칭찬을 받던 청년 무관이었었다. 이십여 년 뒤에 들어도 갈데없이 그 목청이요 그 모습이었다. 전날의 그를 생각하고 오늘의 그를 보니 적이 감개가 사무치어 밥숟가락을 멈추고 냉수만 거듭 마시었다.

그러나 전에 혈기 있을 때와 달리 그런 기분이 오래 가지는 않았다. 중학교 졸업반인 둘째 아들이 학교에 갔다 들어서는 것을 보고, 또 싸전에서 쌀값 받으러 와 마누라가 선선히 시퍼런 지전을 내어 세는 것을 볼 때 서 참의는 이내 속으로, '거저 살아야지 별수 있나. 저렇게 개가죽을 쓰고 돌아다니는 친구도 있는데…… 에헴.' 하였을 뿐 아니라 그런 절박한 친구에다 대면 자기는 얼마나 훌륭한 지체냐 하는 자존심도 없지 않았다.

'지난 일 그까짓 생각할 건 뭐 있나. 사는 날까지…… 허허.'

여생을 웃으며 살 작정이었다. 그래 그런지 워낙 좀 실없는 티가 있는 데다 요즘 와서는 누구에게나 농지거리가 늘어갔다. 그래 늘 눈이 달리고 뾰로통한 입으로는 말끝마다 젠-장 소리만 나오는 안 초시와는 성미가 맞지 않았다.

"쫌보야, 술 한 잔 사주랴?"

쫌보라는 말이 자기를 업신여기는 것 같아서 안 초시는 이내 발끈해 가지고,

"네깟 놈 술 더러워 안 먹는다."

한다.

"화투패나 밤낮 떼면 너이 어멈이 살아온다던?"

하고서 참의가 발끝으로 화투장들을 밀어 던지면 그만 얼굴이 새빨개져서 쌔근쌔근하다가 부채면 부채, 담뱃갑이면 담뱃갑, 자기의 것을 냉큼 집어 들고 다시 안 올 듯이 새침해 나가버리는 것이다.

"조게 계집이문 천생 남의 첩감이야."

하고 서 참의는 껄껄 웃어버리나 안 초시는 이렇게 돼서 올라가면 한 이틀씩 보이지 않았다.

한 번은 안 초시의 딸의 무용회舞踊會 날 밤이었다. 안경화安京華라고, 한동안 토월회土月會에도 다니다가 대판大阪에 가 있느니 동경東京에 가 있느니 하더니 오륙 년 뒤에 무용가노라 이름을 날리며 서울에 나타났다.

바로 제1회 공연날 밤이었다. 서 참의가 조르기도 했지만, 안 초시도 딸의 사진과 이야기가 신문마다 나는 바람에 어깨가 으쓱해서 공표를 얻을 수 있는 대로 얻어 가지고 서 참의뿐 아니라 여러 친구를 돌라줬던 것이다.

"허! 저기 한가운데서 지금 한창 다리짓하는 게 자네 딸인가?"

남은 다 멍멍히 앉았는데 서 참의가 해괴한 것을 보는 듯, 마땅치 않은 어조로 물었다.

"무용이란 건 문명국일수록 벗고 한다네 그려."

약기는 한 안 초시는 미리 이런 대답으로 막았다.

"모르겠네 원… …. 지금 총각 놈들은 모두 등신인가 봐… …."

"왜?"

하고 이번에는 다른 친구가 탄하였다.

"우린 총각 시절에 저런 걸 봤대문 그냥 못 배기네."

"빌어먹을 녀석……. 나잇값을 못하구. 개야 저건 개……."

벌써 안 초시는 분통이 발끈거려서 나오는 소리였다.

한 가지가 끝나고 불이 환하게 켜졌을 때다.

"도루, 차라리 여배우 노릇을 댕기라구 그래야. 여배운 그래두 저렇게 넓적다린 내놓구 덤비지 않더라."

"그 자식 오지랖 경치게 넓네. 네가 안방 건넌방이 몇 칸이요나 알었지 뭘 쥐뿔이나 안다구 그래? 보기 싫건 나가렴."

하고 안 초시는 화를 빨끈 내었다. 그러니까 서 참의도 안방 건넌

LYRIC SOPRANO
金慈璟 자선독창회
贊助出演
牧歌合唱團
5월 11일(木) 밤 7시
12일(金) 낮3시 밤8시
공보관
피아노伴奏
李寶榮
主催… 4月学生同志

방 말에 화가 나서 꽤 높은 소리로,

"넌 또 뭘 아니? 요 쫌보야."

하고 일어서버리었다.

이 일이 있은 후 안 초시는 거의 달포나 서 참의의 복덕방에 나오지 않았었다. 그런 걸 박희완朴喜完 영감이 가서 데리고 왔었다.

박희완 영감이란 세 영감 중 하나로 안 초시처럼 이 복덕방에 와 자기까지는 안 하나 꽤 쑬쑬히 놀러 오는 늙은이다. 아니 놀러 오기만 하는 것이 아니라 와서는 공부도 한다. 재판소에 다니는 조카가 있어 대서업代書業 운동을 한다고 《속수국어독본速修國語讀本》을 노상 끼고 와서 그 《삼국지三國志》 읽던 투로,

"긴-상 도꼬-에 유키이 마쓰까."

어쩌고를 외고 있는 것이다.

그러나 《속수국어독본》 뚜껑이 손때에 절고, 또 어떤 때는 목침 위에 받쳐 베고 낮잠도 자서 머리때까지 새까맣게 쩔어 조선총독부 편찬朝鮮總督府編纂이란 잔 글자들은 보이지 않게 되도록, 대서업 허가는 의연히 나오지 않는 모양이었다.

"너나 내나 다 산 것들이 업은 가져 뭘 허니. 무슨 세월에…… 훙!"

하고 어떤 때, 안 초시는 한나절이나 화투패를 떼다 안 떨어지면 그 화풀이로 박희완 영감이 들고 중얼거리는 《속수국어독본》을 툭 채어 행길로 팽개치며 그랬다.

"넌 또 무슨 재술 바라구 밤낮 화투패나 떨어지길 바라니?"

"난 심심풀이지."

그러나 속으로는 박희완 영감보다 더 세상에 대한 야심이 끓었다.

딸이 평양으로 대구로 다니며 지방 순회까지 하여서 제법 돈냥이나 걷힌 것 같으나 연구소를 내느라고 집을 뜯어고친다, 유성기를 사 들인다, 교제를 하러 돌아다닌다 하노라고, 더구나 귀찮게만 아는 이 애비를 위해 쓸 돈은 예산에부터 들지 못하는 모양이었다.

"애! 낡은 솜이 돼 그런지, 삯바느질이 돼 그런지, 바지 솜이 모두 치어서 어떤 덴 홑옷이야. 암만해도 사쓰 한 벌 사 입어야겠다."
하고 딸의 눈치만 보아오다 한번은 입을 열었더니,

"어련이 인제 사드릴라구요."
하고 딸은 대답은 선선하였으나 셔츠는 그해 겨울이 다 지나도록 구경도 못하였다. 셔츠는커녕 안경다리를 고치겠다고 돈 일 원만 달래도 일 원짜리를 굳이 바꿔다가 오십 전 한 닢만 주었다. 안경은 돈을 좀 주무르던 시절에 장만한 것이라 테만 오륙 원 먹는 것이어서 오십 전만으로 그런 다리는 어림도 없었다. 오십 전짜리 다리도 있지만 살 바에는 조촐한 것을 택하던 초시의 성미라 더구나 면상에서 짝짝이로 드러나는 것을 사기가 싫었다. 차라리 종이 노끈인 채 쓰기로 하고 오십 전은 담뱃값으로 나가고 말았다.

"왜 안경다린 안 고치셨어요?"

딸이 그날 저녁으로 물었다.

"흥……."

초시는 말을 하지 않았다. 딸은 며칠 뒤에 또 오십 전을 주었다. 그러면서 어떻게 들으라고 하는 소리인지,

"아버지 보험료만 해두 한 달에 삼 원 팔십 전씩 나가요."

하였다. 보험료나 타 먹게 어서 죽어 달라는 소리로도 들렸다.

"그게 내게 상관있니?"

"아버지 위해 들었지 누구 위해 들었게요, 그럼?"

초시는 '정말 날 위해 하는 거문 살아서 한 푼이라두 다구. 죽은 뒤에 내가 알게 뭐냐' 소리가 나오는 것을 억지로 참았다.

"오십 전이문 왜 안경다릴 못 고치세요?"

“돈만 가지면야 좀 좋은 세상인가!”

초시는 설명하지 않았다.

“지금 아버지가 좋고 낮은 걸 가리실 처지야요?”

그러나 오십 전은 또 마코 값으로 다 나갔다. 이러기를 아마 서너 번째다.

“자식도 소용없어. 더구나 딸자식…… 그저 내 수중에 돈이 있어야…….”

초시는 돈의 긴요성緊要性을 날로 날로 더욱 심각하게 느끼었다.

“돈만 가지면야 좀 좋은 세상인가!”

심심해서 운동 삼아 좀 나다녀 보면 거리마다 짓느니 고층 건축高層建築들이요 동네마다 느느니 그림 같은 문화 주택文化住宅들이다.

조금만 정신을 놓아도 물에서 가주 튀어나온 미여기(메기)처럼 미끈미끈한 자동차가 등덜미에서 소리를 꽥 지른다. 돌아다보면 운전수는 눈을 부릅떴고 그 뒤에는 금시계 줄이 번쩍거리는, 살진 중년 신사가 빙그레 웃고 앉았는 것이었다.

"예순이 낼 모레…… 젠-장할 것."

초시는 늙어 가는 것이 원통하였다. 어떻게 해서나 더 늙기 전에 적게 돈 만원이라도 붙들어 가지고 내 손으로 다시 한 번 이 세상과 교섭해보고 싶었다. 지금 이 꼴로서야 문화 주택이 암만 서기로 내게 무슨 상관이며 자동차, 비행기가 개미 떼나 파리 떼처럼 퍼지기로 나와 무슨 인연이 있는 것이냐. 세상과 자기와는 자기 손에서 돈이 떨어진, 그 즉시로 인연이 끊어진 것이라 생각되었다.

"그러면 송장이나 다름없지 뭔가?"

초시는 이런 질문을 자신에게 던진 지가 이미 오래였다.

"무슨 수가 없을까?"

또,

"무슨 그루테기가 있어야 비비지!"

그러다가도,

"그래도 돈냥이나 엎질러 본 녀석이 벌기도 하는 게지."

하고 그야말로 무슨 그루터기만 만나면 꼭 벌기는 할 자신은 가졌다.

69

그러다가 박희완 영감에게서 들은 말이었다. 관변에 있는 모 유력자를 통해 비밀리에 나온 말인데 황해 연변黃海沿邊에 제2의 나진羅津이 생긴다는 말이다. 지금은 관청에서만 알뿐이나 축항 용지築港用地는 비밀리에 매수되었으므로 불원하여 당국자로부터 공표公表가 있으리라는 것이다.

"그럼 거기가 황무진가? 전답들인가?"

초시는 눈이 빨개 물었다.

"밭이라데."

"밭? 그럼 매 평 얼마나 간다나?"

"좀 올랐대. 관청에서 사는 바람에 아무리 시골 사람들이기루 그만 눈치 없겠나. 그래두 무슨 일루 관청서 사는진 모르거든……."

"그래?"

"그래 그리 오르진 않었구……. 아마 평당 이십 오륙 전씩이면 살 수 있다나 보데. 그러니 화중지병이지 뭘 허나 우리가……."

"음……."

초시는 관자놀이가 욱신거렸다. 정말이기만 하면 한 시각이라도 먼저 덤비는 놈이 더 먹는 판이다. 나진도 오륙 전 하던 땅이 한번

개항된다는 소문이 나자 당년으로 오륙 전의 백배 이상이 올랐고 삼사 년 뒤에는, 땅 나름이지만 어떤 요지要地는 천 배 이상이 오른 데가 많다.

"다 산 나이에 오래 끌건 뭐 있나. 당년으로 넘겨두 최소한도 오 원씩야 무려(염려 없음)할 테지……."

혼자 생각한 초시는

"대관절 어디란 말야 거기가?"

하고 나앉으며 물었다.

"그걸 낸들 아나?"

"그럼?"

"그 모씨라는 이만 알지. 그러게 날더러 단 만 원이라도 자본을 운동하면 자기는 거기서도 어디어디가 요지라는 걸 설계도를 복사해 낸 사람이니까 그 요지만 산단 말이지. 그리구 많이두 바라지 않어. 비용 죄다 제치구 순이익의 이 할만 달라는 거야."

"그럴 테지……. 누가 그런 자국을 일러 주구 구경만 하자겠나……. 이 할이라…… 이 할……."

초시는 생각할수록 이것이 훌륭한, 그 무슨 그루터기가 될 것 같았다. 나진의 선례도 있거니와 박희완 영감 말이 만주국이 되는 바람에 중국과의 관계가 미묘해지므로 황해 연변에도 으레 나진과 같은 사명을 갖는, 큰 항구가 필요할 것은 우리 상식으로도 추측할 바이라 하였다. 초시의 상식에도 그것을 믿을 수 있었다.

오늘은 오래간만에 피죤을 사서, 거기서 아주 한 대를 피워 물고 왔다. 어째 박희완 영감이 종일 보이지 않는다. 다른 데로 자금 운동을 다니나 보다 하였다. 서 참의는 점심 전에 나간 사람이 어디서 홍정이 하나 떨어지노라고인지 아직 돌아오지 않는다. 안 초시는 미닫

이제 재수가 티나부다

이틀 위에서 다 낡은 화투를 꺼내었다.

"허, 이거 봐라!"

여간해선 잘 떨어지지 않던 거북패가 단번에 뚝 떨어진다. 누가 옆에서 좀 보아줬으면 싶었다.

"아무래두 이게 심상치 않어……. 이제 재수가 티나부다!"

초시는 반도 타지 않은 피존을 행길로 내어던졌다. 출출하던 판에 담배만 몇 대를 피우고 나니 목이 컬컬해진다. 앞집 수채에는 뜨물이 떠내려가다 막힌 녹두 껍질이 그저 누렇게 보인다.

"오냐, 내년 추석엔……."

초시는 이날 저녁에 박희완 영감에게서 들은 이야기를 딸에게 하였다. 실패는 했을지라도 그래도 십수 년을 상업계에서 논 안 초시라 출자出資를 권유하는 수작만은 딸이 듣기에도 딴사람인 듯 놀라웠다. 딸은 즉석에서는 가부를 말하지 않았으나, 그의 머릿속에서도 이내 잊혀지지는 않았던지 다음날 아침에는, 딸 편이 먼저 이 이야기를 다시 꺼내었고, 초시가 박희완 영감에게 묻던 이상으로 시시콜콜히 캐어물었다. 그러면 초시는 또 박희완 영감 이상으로 손가락으로 가리키듯 소상히 설명하였고, 일 년 안에 청장淸帳을 하더라도 최소한도로 오십 배 이상의 순이익이 날 것이라고 장담하였다.

딸은 솔깃했다. 사흘 안에 연구소 집을 어느 신탁 회사信託會社에 넣고 삼 천원三千圓을 돌리기로 하였다. 초시는 금시 발복發福이나 된 듯 뛰고 싶게 기뻤다.

"서 참의 이놈, 날 은근히 멸시했것다. 내 굳이 널 시켜 네 집보다 난 집을 살 테다. 네깟놈이 천생 가쾌지 별 거냐……."

그러나 신탁 회사에서 돈이 되는 날은 웬 처음 보는 청년 하나가 초시의 앞을 가리며 나타났다. 그는 딸의 청년이었다. 딸은 아버지의 손에 단 일 전도 넣지 않았고 꼭 그 청년이 나서 돈을 쓰며 처리하게 하였다. 처음에는 팩 나오는 노염을 참을 수가 없었으나 며칠 밤을 지내고 나니, 적어도 삼천 원의 순이익이 오륙만 원은 될 것이라 만 원 하나야 어디로 가랴 하는 타협이 생겨서 안 초시는 으슬으슬 그, 이를테면 사위 녀석 격인 청년의 뒤를 따라 나섰다.

brunch
wine
soup
salad
pancake
cake & bread

일 년이 지났다.

모두 꿈이었다. 꿈이라도 아주 악한 꿈이었다. 삼천 원어치 땅을 사놓고 날마다 신문을 들여다보며 수소문을 하여도 거기는 축항이 된단 말이 신문에도, 소문에도 나지 않았다. 용당포龍塘浦와 다사도多獅島에는 땅 값이 삼십 배가 올랐느니 오십 배가 올랐느니 하고 졸부들이 생겼다는 소문이 있어도 여기는 감감소식일 뿐 아니라 나중에, 역시, 이것도 박희완 영감을 통해서 알고 보니 그 관변 모씨에게 박희완 영감부터 속아 떨어진 것이었다. 축항 후보지로 측량까지 하기는 하였으나 무슨 결점으로인지 중지되고마는 바람에 너무 기민하게 거기다 땅을 샀던, 그 모씨가 그 땅 처치에 곤란하여 꾸민 연극이었다.

돈을 쓸 때는 일 원짜리 한 장 만져도 못 봤지만 벼락은 초시에게 떨어졌다. 서너 끼씩 굶어도 밥 먹을 정신이 나지도 않았거니와 밥을 먹으러 들어갈 수도 없었다.

"재물이란 친자 간의 의리도 배추 밑 도리 듯 하는 건가?"

탄식할 뿐이었다. 밥보다는 술과 담배가 그리웠다. 물론 안경다리는 그저 못 고치었다. 그러나 이제는 오십 전짜리는커녕 단 십 전짜리도 얻어볼 길이 없다.

추석 가까운 날씨는 해마다의 그때와 같이 맑았다. 하늘은 천리같이 트였는데 조각구름들이 여기저기 널리었다. 어떤 구름은 깨끗이 바래 말린 옥양목처럼 흰빛이 눈이 부시다. 안 초시는 이번에도 자기의 때 묻은 적삼 생각이 났다. 그러나 이번에는 소매 끝을 불거나 떨지는 않았다. 고요히 흘러내리는 눈물을 그 더러운 소매로 닦았을 뿐이다.

여름이 극성스럽게 덥더니, 추위도 그럴 징조인지 예년보다 무서리가 일찍 내리었다. 서 참의가 늘 지나다니는 식은 관사殖銀官舍(조선식산은행 직원 사택)에는 울타리가 넘게 피었던 코스모스들이 끓는 물에 데쳐 낸 것처럼 시커멓게 죽고 말았다.

참의는 머리가 띵- 하였다. 요즘 와서 울기 잘하는 안 초시를 한번 위로해 주려, 엊저녁에는 데리고 나와 청요릿집으로, 추탕집으로 새로 두 점을 치도록 돌아다닌 때문 같았다. 조반이라고 몇 술 뜨기는 했으나 혀도 그냥 뻑뻑하다. 안 초시도 그럴 것이니까 해는 벌써 오정 때지만 끌고 나와 해장술이나 먹으리라 하고 부지런히 내려와보니, 웬일인지 복덕방이라고 쓴 베 발이 아직 내 걸리지 않았다.

"이 사람 봐아…… 어느 땐 줄 알구 코만 고누……."

그러나 코 고는 소리는 들리지 않았다. 미닫이를 밀어 제친 서 참의는 정신이 번쩍 났다. 안 초시의 입에는 피, 얼굴은 잿빛이다.

"아니……?"

참의는 우선 미닫이를 닫고 눈을 비비고 초시를 들여다보았다. 안 초시는 벌써 아니요, 안 초시의 시체일 뿐, 둘러보니 무슨 약병인 듯한 것 하나가 굴러져 있다.

참의는 한참만에야 이 일이 슬픈 일인 것을 깨달았다.

"허!"

파출소로 갈까 하다 그래도 자식한테 먼저 알려야겠다, 하고 말만 듣던 그 안경화무용연구소를 찾아가서 안경화를 데리고 왔다. 딸이 한참 울고 난 뒤다.

"관청에 어서 알려야지?"

"아니야요. 아스세요."

하고 그 딸은 펄쩍 뛰었다.

"아스라니?"

"저……."

"저라니?"

"제 명예도 좀……."

하고 그는 애원하였다.

"안 될 말이지. 명옐 생각하는 사람이 애빌 저 모양으루 세상 떠나게 해?"

"……."

안경화는 엎드려서 다시 울었다. 그러다가 나가려는 서 참의의 다리를 끌어안고 놓지 않았다. 그리고,

"절 살려주세요."

소리를 몇 번이나 거듭하였다.

"그럼, 비밀은 내가 지킬 테니 나 하자는 대루 할까?"

"네."

서 참의는 다시 앉았다.

"부친 위해 보험 든 거 있지?"

"네, 간이 보험이야요."

돌아간 이가 늘 속싸슬 입구퍼 했어

“무슨 보험이든……. 얼마나 타게 되누?”

“삼백팔십 원요.”

“부친 위해 들었으니 부친 위해 다 써야지?”

“그럼요.”

“에헴, 그럼……. 돌아간 이가 늘 속싸슬 입구퍼 했어. 상등 털사쓰를 사다 입히구, 그 위에 진견으로 수의壽衣 일습 구색 맞춰 짓게 허구……. 선산이 있나, 묻힐 데가?”

“웬걸요, 없어요.”

“그럼 공동묘지라도 특등지루 널찍하게 사구…… 장례식을 장하게 해야 말이지 초라하게 해 버리면 내가 그저 안 있을 게야. 알아들

어?"

"네에."

하고 안경화는 그제야 핸드백을 열고 눈물 젖은 얼굴을 닦았다.

안 초시의 소위 영결식永訣式이 그 딸의 연구실 마당에서 열리었다.

서 참의와 박희완 영감은 술이 거나하게 취해 갔다. 박희완 영감이 무얼 잡혀서 가져왔다는 부의賻儀 이 원을 서 참의가

"장례비가 넉넉하니 자네 돈 그 계집애 줄 거 없네."

하고 우선 술집에 들러 거나하게 곱빼기들을 한 것이다. 영결식장에는 제법 반반한 조객들이 모여들었다. 예복을 차리고 온 사람도 두

엇 있었다. 모두 고인을 알아 온 것이 아니요 무용가 안경화를 보아 온 사람들 같았다. 그 중에는, 고인의 슬픔을 알아 우는 사람인지, 덩달아 기분으로 우는 사람인지 울음을 삼키노라고 끽끽 하는 사람도 있었다. 안경화도 제법 눈이 젖어 가지고 신식 상복이라나 공단 같은 새까만 양복으로 관 앞에 나와 향불을 놓고 절하였다. 그 뒤를 따라 한 이십 명 관 앞에 와 꾸벅거리었다. 그리고 무어라고 지껄이고 나가는 사람도 있었다.

그들의 분향이 거의 끝난 듯 하였을 때,

"에헴."

하고 얼굴이 시뻘건 서 참의도 한 마디 없을 수 없다는 듯이 나섰다. 향을 한 움큼이나 집어 놓아 연기가 시커멓게 올려 솟더니 불이 일어났다. 후 후 불어 불을 끄고, 수염을 한번 쓰다듬고 절을 했다. 그리고 다시,

"헴……."

하더니 조사弔辭를 하였다.

"나 서 참일세. 알겠나? 흥…… 자네 참 호살세 호사야…….

잘 죽었느니, 자네 살았으문 이런 호살 해보겠나? 인전 안경다리 고칠 걱정두 없구…… 아무튼지……."

하는데 박희완 영감이 들어서더니,

"이 사람 취했네그려."

하며 서 참의를 밀어냈다.

박희완 영감도 가슴이 답답하였다. 분향을 하고 무슨 소리를 한마디 했으면 속이 후련히 트일 것 같아서 잠깐 멈칫하고 서 있어 보았으나

"으흐흑……."

하고 울음이 먼저 터져 그만 나오고 말았다.

서 참의와 박희완 영감도 묘지까지 나갈 생각이었으나 거기 모인 사람들이 하나도 마음에 들지 않아 도로 술집으로 내려오고 말았다.

살았으문
호살 해보겠나?

달밤

성북동城北洞으로 이사 나와서 한 대엿새 되었을까, 그날 밤 나는 보던 신문을 머리맡에 밀어 던지고 누워 새삼스럽게,

"여기도 정말 시골이로군!"

하였다.

무어 바깥이 컴컴한 걸 처음 보고 시냇물 소리와 쏴— 하는 솔바람 소리를 처음 들어서가 아니라 황수건이라는 사람을 이날 저녁에 처음 보았기 때문이다.

그는 말 몇 마디 사귀지 않아서 곧 못난이란 것이 드러났다. 이 못난이는 성북동의 산들보다 물들보다, 조그만 지름길들보다 더 나에게 성북동이 시골이란 느낌을 풍겨 주었다.

서울이라고 못난이가 없을 리야 없겠지만 대처에서는 못난이들이 거리에 나와 행세를 하지 못하고, 시골에선 아무리 못난이라도 마음 놓고 나와 다니는 때문인지, 못난이는 시골에만 있는 것처럼 흔히 시골에서 잘 눈에 뜨인다. 그리고 또 흔히 그는 태고 때 사람처럼 그 우둔하면서도 천진스런 눈을 가지고, 자기 동리에 처음 들어서는 손에게 가장 순박한 시골의 정취를 돋워주는 것이다.

그런데 그날 밤 황수건이는 열시나 되어서 우리집을 찾아왔다.

그는 어두운 마당에서 꽥 지르는 소리로,

"아, 이 댁이 문안서……."

하면서 들어섰다. 잡담 제하고 큰일이나 난 사람처럼 건넌방 문 앞으로 달려들더니,

"저, 저 문안 서대문 거리라나요, 어디선가 나오신 댁입쇼?"

한다.

보니 '합비' 는 안 입었으되 신문을 들고 온 것이 신문 배달부다.

"그렇소, 신문이오?"

"아, 그런 걸 사흘이나 저, 저 건너쪽에만 가 찾었습죠. 제기……."

하더니 신문을 방에 들여뜨리며,

"그런뎁쇼, 왜 이렇게 쬐꼬만 집을 사구 와 곕쇼. 아, 내가 알었더면 이 아래 큰 개와집도 많은 걸입쇼……."

한다. 하 말이 황당스러워 유심히 그의 생김을 내다보니 눈에 얼른 두드러지는 것이 빡빡 깎은 머리로되 보통 크다는 정도 이상으로 골이 크다. 그런데다 옆으로 보니 장구 대가리다.

"그렇소? 아무튼 집 찾느라고 수고했소."

하니 그는 큰 눈과 큰 입이 일시에 히죽거리며,

"뭘입쇼, 이게 제 업인뎁쇼."

하고 날래 물러서지 않고 목을 길게 빼어 방 안을 살핀다. 그러더니 묻지도 않는데,

"저는입쇼, 이 동네 사는 황수건이라 합니다……."

하고 인사를 붙인다. 나도 깍듯이 내 성명을 대었다. 그는 또 싱글벙글하면서,

"댁엔 개가 없구먼입쇼."

한다.

"아직 없소."

하니,

"개 그까짓 거 두지 마십쇼."

한다.

"왜 그렇소?"

물으니, 그는 얼른 대답하는 말이,

"신문 보는 집엔입쇼, 개를 두지 말아야 합니다."

한다. 이것 재미있는 말이다 하고 나는,

"왜 그렇소?"

하고 또 물었다.

"아, 이 뒷동네 은행소에 댕기는 집엔입쇼, 망아지만한 개가 있는뎁쇼, 아, 신문을 배달할 수가 있어얍죠."

"왜?"

"막 깨물랴고 덤비는 걸입쇼."

한다. 말 같지 않아서 나는 웃기만 하니 그는 더욱 신을 낸다.

"그눔의 개 그저, 한번, 양떡을 멕여대야 할 텐데……."

하면서 주먹을 부르대는데 보니, 손과 팔목은 머리에 비기어 반비례로 작고 가느다랗다.

"어서 곤할 텐데 가 자시오."

하니 그는 마지못해 물러서며,

"선생님, 참 이 선생님 편안히 주뭅쇼. 저이 집은 여기서 얼마 안 되는 걸입쇼."

하더니 돌아갔다.

그는 이튿날 저녁, 집을 알고 오는데도 아홉시가 지나서야,

"신문 배달해 왔습니다."

하고 소리를 치며 들어섰다.

"오늘은 왜 늦었소?"

물으니,

"자연 그럽죠."

하고 다른 이야기를 꺼냈다.

자기는 원래 이 아래 있는 삼산학교에서 일을 보다 어떤 선생하고 뜻이 덜 맞아 나왔다는 것, 지금은 신문 배달을 하나 원배달이 아니라 보조 배달이라는 것, 저희 집엔 양친과 형님 내외와 조카 하나와 저희 내외까지 식구가 일곱이라는 것, 저희 아버지와 저희 형님의 이름은 무엇무엇이며, 자기 이름은 황가인 데다가 목숨 수壽자 하고 세울 건建자로 황수건이기 때문에, 아이들이 노랑수건이라고 놀리어

서 성북동에서는 가가호호에서 노랑수건 하면, 다 자긴 줄 알리라고 자랑스럽게 이야기하다가 이날도,

"어서 그만 다른 집에도 신문을 갖다 줘야 하지 않소?"

하니까 그때서야 마지못해 나갔다.

우리집에서는 그까짓 반편과 무얼 대꾸를 해가지고 그러느냐 하되, 나는 그와 지껄이기가 좋았다.

그는 아무것도 아닌 것을 가지고 열심스럽게 이야기하는 것이 좋았고, 그와는 아무리 오래 지껄이어도 힘이 들지 않고, 또 아무리 오래 지껄이고 나도 웃음밖에는 남는 것이 없어 기분이 거뜬해지는 것도 좋았다. 그래서 나는 무슨 일을 하는 중만 아니면 한참씩 그의 말을 받아 주었다.

어떤 날은 서로 말이 막히기도 했다. 대답이 막히는 것이 아니라 무슨 말을 해야 할까 하고 막히었다. 그러나 그는 늘 나보다 빠르게 이야깃거리를 잘 찾아냈다. 오뉴월인데도 '꿩고기를 잘 먹느냐?' 고도 묻고, '양복은 저고리를 먼저 입느냐 바지를 먼저 입느냐?' 고도 묻고 '소와 말과 싸움을 붙이면 어느 것이 이기겠느냐?' 는 등, 아무튼 그가 얘깃거리를 취재하는 방면은 기상천외로 여간 범위가 넓지 않은 데는 도저히 당할 수가 없었다. 하루는 나는 '평생 소원이 무엇이냐?' 고 그에게 물어 보았다. 그는 '그까짓 것쯤 얼른 대답하기는 누워서 떡먹기' 라고 하면서 평생 소원은 자기도 원배달이 한번 되었으면 좋겠다는 것이었다.

2007北京国际图书博览会
外研社
Book Brings Understanding

남이 혼자 배달하기 힘들어서 한 이십 부 떼어 주는 것을 배달하고, 월급이라고 원배달에게서 한 삼 원 받는 터이라 월급을 이십여 원을 받고, 신문사 옷을 입고, 방울을 차고 다니는 원배달이 제일 부럽노라 하였다. 그리고 방울만 차면 자기도 뛰어다니며 빨리 돌 뿐 아니라 그 은행소에 다니는 집 개도 조금도 무서울 것이 없겠노라 하였다.

그래서 나는 '그럴 것 없이 아주 신문사 사장쯤 되었으면 원배달도 바랄 것 없고 그 은행소에 다니는 집 개도 상관할 바 없지 않겠느냐?' 한즉 그는 뚱그래지는 눈알을 한참 굴리며 생각하더니 '딴은 그렇겠다' 고 하면서, 자기는 경난이 없어 거기까지는 바랄 생각도 못 하였다고 무릎을 치듯 가슴을 쳤다.

그러나 신문 사장은 이내 잊어버리고 원배달만 마음에 박혔던 듯, 하루는 바깥마당에서부터 무어라고 떠들어대며 들어왔다.

"이 선생님? 이 선생님 곕쇼? 아, 저도 내일부턴 원배달이올시다. 오늘 밤만 자면입쇼……."

한다. 자세히 물어 보니 성북동이 따로 한 구역이 되었는데, 자기가 맡게 되었으니까 내일은 배달복을 입고 방울을 막 떨렁거리면서 올 테니 보라고 한다. 그리고 '사람이란 게 그러게 무어든지 끝을 바라고 붙들어야 한다' 고 나에게 일러주면서 신이 나서 돌아갔다. 우리도 그가 원배달이 된 것이 좋은 친구가 큰 출세나 하는 것처럼 마음 속으로 진실로 즐거웠다. 어서 내일 저녁에 그가 배달복을 입고 방울을 차고 와서 쫄럭거리는 것을 보리라 하였다.

그러나 이튿날 그는 오지 않았다. 밤이 늦도록 신문도 그도 오지 않았다. 그 다음날도 신문도 그도 오지 않다가 사흘째 되는 날에야, 이날은 해도 지기 전인데 방울 소리가 요란스럽게 우리집으로 뛰어 들었다.

'어디 보자!'

하고 나는 방에서 뛰어나갔다.

그러나 웬일일까, 정말 배달복에 방울을 차고 신문을 들고 들어서는 사람은 황수건이가 아니라 처음 보는 사람이다.

"왜 전엣사람은 어디 가고 당신이오?"

물으니 그는,

"제가 성북동을 맡았습니다."

한다.

"그럼, 전엣사람은 어디를 맡았소?"

하니 그는 픽 웃으며,

"그까짓 반편을 어딜 맡깁니까? 배달부로 쓸랴다가 똑똑지가 못하니까 안 쓰고 말었나 봅니다."

한다.

"그럼 보조배달도 떨어졌소?"

하니,

"그럼요, 여기가 따루 한 구역이 된걸이오."

하면서 방울을 울리며 나갔다.

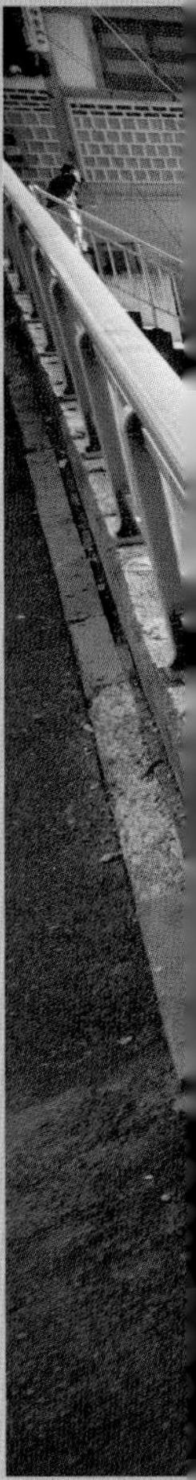

이렇게 되었으니 황수건이가 우리집에 올 길은 없어지고 말았다.

나도 가끔 문안엔 다니지만 그의 집은 내가 다니는 길 옆은 아닌 듯 길가에서도 잘 보이지 않았다.

나는 가까운 친구를 먼 곳에 보낸 것처럼, 아니 친구가 큰 사업에나 실패하는 것을 보는 것처럼, 못 만나는 섭섭뿐이 아니라 마음이 아프기도 하였다. 그 당자와 함께 세상의 야박함이 원망스럽기도 하였다.

한데 황수건은 그의 말대로 노랑수건이라면 온 동네에서 유명은 하였다. 노랑수건 하면 누구나 성북동에서 오래 산 사람이면 먼저

웃고 대답하는 것을 나는 차츰 알았다.

내가 잠깐씩 며칠 보기에도 그랬거니와 그에겐 우스운 일화도 한두 가지가 아니었다.

삼산학교에 급사로 있을 시대에 삼산학교에다 남겨 놓고 나온 일화도 여러 가지라는데, 그 중에 두어 가지를 동네 사람들의 말 대로 옮겨 보면, 역시 그때부터도 이야기하기를 대단 즐기어 선생들이 교실에 들어간 새 손님이 오면 으레 손님을 앉히고는 자기도 걸상을 갖다 떡 마주 놓고 앉는 것은 물론, 마주 앉아서는 곧 자기류의 만담 삼매로 빠지는 것인데, 한번은 도 학무국에서 시학관이 나온 것을 이 따위로 대접하였다. 일본말을 못 하니까 만담은 할 수 없고 마주 앉아서 자꾸 일본말을 연습하였다.

“센세이 히, 오하요 고자이마스카(선생님, 안녕하세요)?…… 히히 아메가 후리마스(비가 옵니다). 유키가 후리마스카(눈이 옵니까)? 히히…….”

시학관도 인정이라 처음엔 웃었다. 그러나 열 번 스무 번을 되풀이하는 데는 성이 나고 말았다. 선생들은 아무리 기다려도 종소리가 나지 않으니까, 한 선생이 나와 보니 종 칠 것도 잊어버리고 손님과 마주 앉아서 ‘오하요 유키가 후리마스카……’ 하는 판이다.

그날 수건이는 선생들에게 단단히 몰리고 다시는 안 그러겠노라고 했으나, 그 버릇을 고치지 못해서 그예 쫓겨 나오고 만 것이다.

그는,

“너의 색시 달아난다.”

하는 말을 제일 무서워했다 한다. 한번은 어느 선생이 장난엣말로,

“요즘 같은 따뜻한 봄날엔 옛날부터 색시들이 달아나기를 좋아하는데 어제도 저 아랫말에서 둘이나 달아났다니까 오늘은 이 동리에서 꼭 달아나는 색시가 있을걸…….”

했더니 수건이는 점심을 먹다 말고 눈이 휘둥그래졌다 한다. 그리고 그날 오후에는 어서 바삐 하학을 시키고 집으로 갈 양으로 오십 분만에 치는 종을 이십 분만에, 삼십 분만에 함부로다 가서 쳤다는 이야기도 있다.

하루는 거의 그를 잊어버리고 있을 때,

"이 선생님 곕쇼?"

하고 수건이가 찾아왔다. 반가웠다.

"선생님, 요즘 신문이 걸르지 않고 잘 옵쇼?"

하고 그는 배달 감독이나 되어 온 듯이 묻는다.

"잘 오, 왜 그류?"

한즉 또,

"늦지도 않굽쇼, 일찍이 제때마다 꼭꼭 옵쇼?"

한다.

"당신이 돌릴 때보다 세 시간은 일찍이 오고 날마다 꼭꼭 잘 오."

하니 그는 머리를 벅적벅적 긁으면서,

"하루라도 걸르기만 해라. 신문사에 가서 대뜸 일러바치지……."

하고 그 빈약한 주먹을 부르댄다.

"그런뎁쇼, 선생님?"

"왜 그류?"

"삼산학교에 말씀예요, 그 제 대신 들어온 급사가 저보다 근력이 세게 생겼습죠?"

"나는 그 사람을 보지 못해서 모르겠소."

하니 그는 은근한 말소리로 히죽거리며,

"제가 거길 또 들어가볼랴굽쇼, 운동을 합죠."

한다.

"어떻게 운동을 하오?"

"그까짓 거 날마다 사무실로 갑죠. 다시 써달라고 졸라 댑죠. 아, 그랬더니 새 급사란 녀석이 저보다 크기도 무척 큰뎁쇼, 이 녀석이 막 불근댑니다그려. 그래 한번 쌈을 해야 할 턴뎁쇼, 그 녀석이 근력이 얼마나 센지 알아야 뎀벼들 턴뎁쇼…… 허."

"그렇지, 멋모르고 대들었다 매만 맞지."

하니 그는 한 걸음 다가서며 또 은근한 말을 한다.

"그래섭쇼, 엊저녁엔 큰 돌멩이 하나를 굴려다 삼산학교 대문에다 놨습죠. 그리구 오늘 아침에 가보니깐 없어졌는뎁쇼. 이 녀석이 나처럼 억지루 굴려다 버렸는지, 뻔쩍 들어다 버렸는지 그만 못 봤거든입쇼, 제—길……."

하고 머리를 긁는다. 그러더니 갑자기 무얼 생각한 듯 손뼉을 탁 치더니,

"그렇지, 멋모르고

"그런뎁쇼, 제가 온 건입쇼, 댁에선 우두를 넣지 마시라구 왔습죠."

한다.

"우두를 왜 넣지 말란 말이오?"

한즉,

"요즘 마마가 다닌다구 모두 우두들을 넣는뎁쇼, 우두를 넣으면 사람이 근력이 없어지는 법인뎁쇼."

하고 자기 팔을 걷어 올려 우두 자리를 보이면서,

"이걸 봅쇼. 저두 우두를 이렇게 넣기 때문에 근력이 줄었습죠."

한다.

"우두를 넣으면 근력이 준다고 누가 그럽디까?"

물으니 그는 싱글거리며,

"아, 제가 생각해 냈습죠."

한다.

"왜 그렇소?"

하고 캐니,

"뭘…… 저 아래 윤금보라고 있는데 기운이 장산뎁쇼. 아 삼산학교 그 녀석두 우두만 넣었다면 그까짓 것 무서울 것 없는뎁쇼, 그걸 모르겠거든입쇼……."

한다. 나는,

"그렇게 용한 생각을 하고 일러주러 왔으니 아주 고맙소."

하였다. 그는 좋아서 벙긋거리며 머리를 긁었다.

"그래 삼산학교에 다시 들기만 기다리고 있소?"

물으니 그는,

"돈만 있으면 그까짓 거 누가 고스카이 용인 노릇을 합쇼. 밑천만 있으면 삼산학교 앞에 가서 빼젓이 장사를 할 턴뎁쇼."

한다.

"무슨 장사?"

"아, 방학될 때까지 차미 장사도 하굡쇼, 가을부턴 군밤 장사, 왜떡 장사, 습자지, 도화지 장사 막 합죠. 삼산학교 학생들이 저를 어떻게 좋아하겝쇼. 저를 선생들보다 낫게 치는뎁쇼."

한다.

오뎅
핫도그
번데기
커피

"선생님 잡수라고 사왔습죠."

나는 그날 그에게 돈 삼 원을 주었다. 그의 말대로 삼산학교 앞에 가서 빼젓이 참외 장사라도 해보라고. 그리고 돈은 남지 못하면 돌려오지 않아도 좋다 하였다.

그는 삼 원 돈에 덩실덩실 춤을 추다시피 뛰어나갔다. 그리고 그 이튿날,

"선생님 잡수시라굽쇼."

하고 나 없는 때 참외 세 개를 갖다 두고 갔다.

그리고는 온 여름 동안 그는 우리집에 얼른하지 않았다.

들으니 참외 장사를 해보긴 했는데 이내 장마가 들어 밑천만 까먹었고, 또 그까짓 것보다 한 가지 놀라운 소식은 그의 아내가 달아났

단 것이다. 저희끼리 금실은 괜찮았건만 동서가 못 견디게 굴어 달아난 것이라 한다. 남편만 남 같으면 따로 살림나는 날이나 기다리고 살 것이나 평생 동서 밑에 살아야 할 신세를 생각하고 달아난 것이라 한다.

그런데 요 며칠 전이었다. 밤인데 달포 만에 수건이가 우리집을 찾아왔다. 웬 포도를 큰 것으로 대여섯 송이를 종이에 싸지도 않고 맨손에 들고 들어왔다. 그는 벙긋거리며,

"선생님 잡수라고 사왔습죠."

하는 때였다. 웬 사람 하나가 날쌔게 그의 뒤를 따라 들어오더니 다짜고짜로 수건이의 멱살을 움켜쥐고 끌고 나갔다. 수건이는 그 우둔

한 얼굴이 새하얗게 질리며 꼼짝 못 하고 끌려나갔다.

나는 수건이가 포도원에서 포도를 훔쳐온 것을 직감하였다. 쫓아나가 매를 말리고 포도값을 물어 주었다. 포도값을 물어주고 보니 수건이는 어느 틈에 사라지고 보이지 않았다.

나는 그 다섯 송이의 포도를 탁자 위에 얹어놓고 오래 바라보며 아껴 먹었다. 그의 은근한 순정의 열매를 먹듯 한 알을 가지고도 오래 입 안에 굴려보며 먹었다.

어제다. 문안에 들어갔다 늦어서 나오는데 불빛 없는 성북동 길 위에는 밝은 달빛이 깁을 깐 듯하였다.

그런데 포도원께를 올라오노라니까 누가 맑지도 못한 목청으로,

"사…… 케…… 와 나…… 미다카 다메이…… 키…… 카……."

를 부르며 큰길이 좁다는 듯이 휘적거리며 내려왔다. 보니까 수건이 같았다. 나는,

"수건인가?"

하고 아는 체하려다 그가 나를 보면 무안해할 일이 있는 것을 생각하고 획 길 아래로 내려서 나무 그늘에 몸을 감추었다.

그는 길은 보지도 않고 달만 쳐다보며, 노래는 그 이상은 외우지도 못하는 듯 첫 줄 한 줄만 되풀이하면서 전에는 본 적이 없었는데 담배를 다 퍽퍽 빨면서 지나갔다.

달밤은 그에게도 유감한 듯하였다.

까마귀 외

지 은 이 | 이태준

찍 은 이 | 서준영

발 행 일 | 2010년 8월 20일 초판 1쇄 발행

펴 낸 이 | 양근모

발 행 처 | 도서출판 청년정신

등　　록 | 1997년 12월 26일 제10-1531호

주　　소 | 경기도 파주시 교하읍 문발리 535-7 세종출판벤처타운 408호

전　　화 | 031) 955-4923~5　팩스 | 031) 955-4928

이 메 일 | pricker@empal.com